살구나무經

살구나무經

1쇄 발행일 | 2007년 5월 12일

지은이 | 원담
펴낸이 | 정화숙
펴낸곳 | 개미

출판등록 | 제1999-3호 1992. 6. 11
주소 | (121-736) 서울시 마포구 마포동 136-1 한신빌딩 803호
전화 | (02)704-2546, 704-2235
팩스 | (02)714-2365
E-mail | lily12140@hanmail.net
ⓒ 원담, 2007

값 7,000원

ISBN 978-89-87038-74-2 03810

원담 시집
살구나무經

개미

自序

해을 등지고 풀을 뽑는다

날마다 뽑아내도 풀은 언제나 싱싱하다

미처 뽑지 못한 풀들은 꽃을 피우고 씨앗까지 남겨 놓은체 앙상하다

풀들은 '명'이 길다. 어떻게든 살아내는걸 보면 미안한 마음이 든다.

풀들이 많이 자라 있다.

아마도 내 안에 풀들도 그럴지 모른다.

그 풀들이 세상에 나오려고 꿈틀거릴 때마다 바라보기 보다는 어떻게 하질 못해 애썼던 것 같다. 풀꽃이 참으로 이쁘다는 걸 새삼 느낀다.

꽃잠을 자라던 님의 고운 마음 앞에 놓아두고 싶다

이 무성한 풀 숲을……

2007년 5월

원담

| 차례 |

제2부
중생經

제3부
마음經

제4부
산중經

| 작품해설 |
인연의 옷깃으로 선禪과 속俗을 스치는 수행의 언어 | 박영우 · 89

제 1 부
살구나무經

살구나무經

유학사 후원에
늙은 살구나무
봄날에 눈부시도록 꽃 피우더니
지나가는 바람에 꽃잎 어지럽게 떨구더니
뒷방에 앉아 졸고 있던 날
지붕 위로 떨어지는 살구 알 소리에
내 속 깊은 죄
쏟아져 나오는 줄 알았습니다.

봄애기

어느 날부터인지
꽃나무들은 몸을 풀고
아침이면 싱그러움으로 웃고 있었다

문득 바람이 찾아와
꽃잎에 입맞추고 가버리면
꽃잎은 힘없이 매달려 있었다

그러던 어느 날
더 큰 힘으로 다가온 바람에게
이 땅의 꽃들은 겁탈당하고
한낮에도 비명 한 마디 없이 몸을 떨었다

그렇게 봄날이 허물어져 가고 있을 때
꽃들은 나무를 떠나지 못한 채
나무 뿌리 향하여 마른 눈물로 지워져 가고

내 흰 고무신 옆에도 이름 부를 수 없는

꽃잎들의 넋이 슬프게 쌓여 있었다
봄은
아름다움을 주는 것으로 떠나는 게 아니라
아름다움을 잊는 것까지도 말하고 있었다

꽃은 져도

꽃이 필 때 오시라 청하여도 바쁘다는
답만 하시다가 꽃이 이쁘다고 전하여도
수줍은 아가씨처럼 웃기만 하시더니
이젠 꽃이 져도 그림자조차 아니 보입니다

사는 일이 다 그렇겠지만
먹고사는 일이 쉽지 않겠지만
후두둑 떨어지는 꽃잎 사이로 바람이 느껴집니다
가을이 깊기 전에 한 번쯤 다녀 가시겠지요

혹 오가다 얼핏 들여다보면
보이지 않을 때가 많아
마치 짝사랑하는 사람 훔쳐보듯이
지나오는 날도 있었지요 서운했습니다

그러나 여기 사는 이와 저기 사는 이의
하루는 이해하기 어려울만큼 참 멀기도 하지만
어찌보면 가깝기도 할터인데

아직은 인연이 무성하지 못하여 그런가 봅니다

낙엽 소리에 눈물이 핑 돌 때 바람처럼
스쳐 가듯이 환한 웃음 안고 다녀가소서

봄이 다시 오고

봄밤이 깊어갈수록
바람은 쉬임없이 꽃들을 깨우고
버들강아지 하얗게 웃는 아침
봄이다!
며칠 전 비가 내리고
나무들은 하루가 다르게 연초록으로 크고
날마다 무릎시리다던 그 스님도
누비옷 빨았다고 매화꽃보러 가자고
이럭저럭 봄이 오는 길녘에 외롭지 않은 날
멀리 칸첸중가에서 보낸 엽서를 보며
나는 다시 고운 이땅에서의 봄을 보낸다

삼월

제비꽃 한 송이
가난한 내 뜨락에 필 때
찾아온 바람 한 점
목련이 하얗게 웃는 아침
봄비로 가슴 적시며
흔들리는 바람 한 점
울어도 울어도
울음이 될 수 없는 갈증에
뼛속으로 파고드는 통증이
다시 바람되는 인연
누구의 중음신으로 맴도는 걸까

조팝꽃

작년 쌀농사 풍년이라더니
산비탈마다 하얀 쌀밥
보기만 해도 풍족한 밥상에
민들레꽃, 제비꽃, 할미꽃 이웃하며
한무더기씩 하얗게 웃으면
박새들 덩달아 바쁜 날갯짓에
짝 찾는 어여쁜 소리
저기 논두렁 숲에도 온통 쌀밥이다

봄

지워진 내 기억을
부채질하듯 들추어 내는 걸
간지러워 참을 수 없을 때
노루귀꽃 보랏빛으로 웃으면
할미꽃 쏘~옥 고개 내밀어
기절하는 줄 알았다.
아! 바람이 놓고 간 선물

사월의 기도

조팝꽃 환하게 핀 아침
바람에 느껴지는 꽃향기
모두에게 나누어 한 줄기 빛이 되게 하소서
넉넉하지 않아도 좋은 것 싫은 것 넘어서
가벼운 발걸음으로 가까이 가게 하소서
어제보단 오늘을 꽉 채우며
내일엔 희망으로 일어나
키 작은 대문 앞에 당신을 반기는 연등을 달며
즐겁게 노래 부르는 하루가 되게 하소서

오월의 장미

잊혀지지 않는 시간들이
줄장미로 살아 돌아오는 한낮
죽음보다 고통스러운 소리들이
장미향으로 나그네를 멈추게 하고
저마다 세월만큼 뒤쳐져가는 허망함
사람들은 울지도 못하고
마른 눈물만 흘리는데
초록빛 산으로 묻혀진 숲에서
저 장미 앞에 맑은 차 올리고 나면
내 귀에 울리는 오월의 함성을 위해
어딘가에서 소주로 속을 채우는 사람들에게
손수건이 되어줄 수 있으면…… 그랬으면.

원추리꽃

하늘이 보이지 않는 아침
빗소리로 채워진 마당 언저리
뚝뚝 떨어진 꽃송이
참 이쁘다
물결따라 흘러가고 남은 거기
나비처럼 살포시 누운 화단에
어리는 꽃빛으로 오는 비바람
그래도 참 이쁘다

목화꽃

삼성각 앞에
고운 한복 차림으로 햇살을
향해 환한 웃음 지으면
부처님 미소로 다가오는 아침나절
하얀 그리움 가슴에 안고 서 있는
나그네
옛 생각에 고향 그리워
설익은 목화따서 입에 넣고
힘주어 깨물어 본다

나팔꽃

사랑할 것만 같아서
두 발은 땅 속 깊이 묻어두고
사랑할 것만 같아서
연분홍 얼굴 숨은 듯이
나도 모르게
창문 틈으로 기웃거리는 마음
살포시 담 넘어 아침마다
마주치고도 바라 볼 수 없어

해당화

막연히
그리움이 이는 오월에
찻잔 식는 줄도 모르고
돌 축대 위에 넌지시 눈길 주면
살며시 다가오는 고운 님 앞에
나도 모르게 시인이 되어
바람 속으로 흘려 보낸 노래
귀 기울여 주길 기다려 봐요

선유화

이슬을 닮은

사람들의 언어가

방글방글 매달려 있다

살구꽃

춘삼월이라 해도
음력으로는 이월인데
나무마다 바쁜 봄날에
어느새 살구나무 몸을 푼다
작은 새 입처럼 뾰죽뾰죽 꽃망울
점점 커져 멀리서도 터질 것만 같았는데
점심공양 하고 나오다 하늘 한 번 쳐다보니
대여섯 송이 살구꽃 보석처럼 달려 있다
좀전에 바람이 지나가더니
살구꽃만 탐하고 갔나보다.

제2부
중생經

착각

국화꽃이 가슴속으로
파고드는 가을날
해지는줄 모르고 차를 마십니다
찻잔 속에 국화꽃이 피었습니다
바람이 불고 물결이 일렁입니다
꽃잎이 나비처럼 날아 갑니다
봄인줄 알았습니다

풍경소리

바다 새 날개 사이
잿빛 향으로 지나가는 고기 떼

아주 작은 바람에도
아주 작은 향기에도
내 전생의 게으름이 묻어납니다

살점 떨어져 나가도록 기도하던 밤
지금도 외지 못한 염불은
내 몸에 고기비늘로 살아서
물도 없는 허공으로 지느러미 흔들며
바다로 가는 꿈을 꿉니다

살아생전 다하고 가야 할 그 무엇처럼
진언으로 소리 내어 부르는 내 노래
나그네들은 잠 못 이룬다며 종 속에 갇힌 나를
아주 놓아주는 이도 있지만
무거운 내 등 위로 낙엽이 떨어질 때면

잠깐 동안 행복한 사람이 되기도 합니다

알 수 없는 나

구름인 것만 같다
아니 바람인 것만 같다
나무였다가
돌맹이었다가
풀이었다가
지는 꽃잎처럼 어지럽다가
아주 먼 그리움이다가
시름시름 쓰러지는 숨결이다

그리움

젊은 날엔
젊음 그 자체가 그리움이었다

그 그리움 안개 속처럼 아득하더니
그리움도 세월 더한 끝에선
먼 수평선 고깃배로 살다가
문틈으로 들어오는 바람이었습니다

俗物 1

차라리 눈을 감는 게
업장소멸이 된다던 그 스님의
말이 옳은 것 같다
살아 있다고 해서
모두가 살아 있는 게 아닌 세상에
죽었다고 해서 다 죽은 것도 아닌데
형상에 치우쳐 눈 뜨는 아침에
미풍 같은 숨소리

俗物 2

내 안에
수많은 얼굴
내 안에
끝없는 욕망이 자랍니다

내 안에 번뇌는
수초처럼 푸른 키를 세우고
푸른 숲을 보이고 싶은 까닭에
오늘도 기와집 한 채 짓고 잡니다

俗物 3

내 안에 뱀 몇 마리 키운다
몇십 년 넘게 살고 있는
능구렁이, 어느 날 배가 고파
내 허리를 파 먹는다
그런데도 살찌는 내 허리를 보고
부끄럽지 않을 때 많아진다

衆生心

아침 이슬에 젖은
수국을 만지듯이
한낮이 오기 전에
그대 마음 만지고 싶다.

번뇌

당신이 다녀간 자리
번뇌가 되고
당신이 남겨 놓은 훈기조차
번뇌가 됩니다
당신이 일러준 길
번뇌가 되고
당신이 노파심절하던 따스함도
아픔의 번뇌가 되고 말았습니다

내게 하신 말씀
가슴엔 아무것도 남아 있질 않고
바람결에 들리는 풍경소리만
제 속을 채우고 말았습니다.

보고 싶다

사랑한다는 말보다
보고 싶다는 말이 더 정겹다는
시인은 인생을 어떻게 살아갈까
그에게도 질투와 집착이 있을까
사랑해서 헤어진다는 말처럼
그렇게 너그러운 마음으로 보내는
시인은 눈물을 얼마나 쏟고서야
차마 사랑한다는 말 못하고
보고 싶다는 말이 정겹다고 했는지
오늘 괜시리 그 시인을 만나고 싶다

嗔心

내 안에 불기둥
바람에도 꺼지지 않더니
지옥 하나 만들고 나서야
해 지면서 비에 젖는다.

보슬비

누군가 소리 없이 흐느끼는 거지
아마도 한가한 나그네일거야
소리내지 못하고 안으로 슬픔을
삭이는 소심한 사람이겠지

밤

지우고 또 지우면서
꿈 속에서 꿈을 꾼다
까맣게 늙어가는 목숨 하나
어둠 속 깊이 떨고 있다

번민으로 물이 들고
번민으로 꿈을 꾸는
찰라마다 열리는 세상에
뒤척이는 바람으로 살아 있는 숨소리
창 틈으로 들어오는 밤

꿈

조신의 일생은 아무데도 없다
사계절마다 극락 같은 절 마당에도
연화장 같은 해수관음상에도
해당화 곱게 핀 홍련암에도
조신의 일생은 없다

낙산사에서 하룻밤을 묵으면서
꿈을 꿔야지
지금도 꿈을 꾸냐고 물어봐야지

한생각

한생각이 세상번뇌 다 풀어놓더니
세상번뇌, 어느새 내 가슴속
숨으로 붙어 살아가는 걸 보고도 속수무책입니다
말로는 한생각이 극락이라고 외우면서
마음으로 지옥을 만들고도 모르며 살아갑니다
뜰앞에 잣나무 대신 살구나무 꽃만 피었습니다
첩첩 산에는 산벗꽃만 그림처럼 피었습니다
이젠 정말 살아가는 게 두렵고 무서운데도
세상은 아름다우니 살아볼만하다고들 합니다
　내 안에 한생각이 풀이되고 풀꽃이 되고 나무가 되
고
　숲을 만들며 새소리 물소리 바람결로 하루가 저뭅
니다

밤바다

눈을 뜨고도 그댈
볼 수 없는 슬픔이
발목을 적십니다
뛰는 가슴으로
그댈 마주 하고도
나는 침묵으로 돌아오곤 합니다

불면

바람결에
흔들리는 방문들이
정신 나간 사람 같다

풍경도 밤새도록
돌아 눕는다

연못에 달빛
물 속에 가득해 물고기도 숨었다

긴 밤
바람이 머물다 간 자리에
천리향꽃으로 여는 새벽

제3부
마음經

해제

갈 곳이 없다
사람 북적대는 터미널에
그림처럼 앉아서
한철 걸망 무게에
등이 저려오는 고독함으로
맥없이 시간을 버는 오후
혼자 사는 일에 아직도 서툰 오늘
떠나가는 버스처럼 쓸쓸하다

나는

나는 어디에도 없다
나는 어디에서도 볼 수 없다
그런데도 부끄럽고
그런데도 당당했고
그런데도 마음이 흔들리고 있었다
나는 어디에도 없었는데
잠을 자다가도 길을 가다가도
속이 상해 화가 나도
나는 나를 만날 수가 없다
그래서 내가 그립다
그리워서 슬픔이 목구멍으로
꾸역꾸역 넘어오는데도 이상하게도
나는 어디에도 없었다

여름날

어둔 밤
문창호지 위로 움직이는 그림자
내 눈을 정지 시킨다
조그마한 청개구리
유리창에 매달려 이쪽 저쪽
옮겨 다니다 떨어지면 다시 올라와
게으른 중 뭐하나
들여다 본다.

나방

빗소리 가득한 밤
꽃잎 같은 나방
문틈에 젖은 날개 붙이고
까만 밤에 물든다
며칠 후면 떨어진 날개와
차가운 심장과 고단한 다리도 긴 숙면을 갖겠지
굵어져가는 빗소리에
마지막 몸부림으로 흐르는 소멸의 노래
이밤 내가 나방이었으면 좋겠다

바위

전생에도 바위였을까?
앉아서 죽은 중의 화신일까?
일 년 삼백 예순 날이
삼천 년으로 흘러도
묵언으로 고독한 날들
잊어버린 언어와
놓아버린 목숨
검버섯으로 살아오던 날
칡꽃 향기에 낮잠 한숨
산그림자 내려와
한 줄기 바람 두고 간다

망각

나이를 더해가며
이상한 버릇이 생겼다
나도 모르게
부끄러움이 사라져
어쩌다가 나를 돌아보면
소리만 요란한 밥통 하나
접시꽃처럼 헐렁한 웃음소리에
후끈 달아 오르는 내 얼굴
살아갈수톤 늘어가는
참회의 기도로 저무는 오후

비밀

내 안에
숨어 살아가는
그놈이 어느 날
새처럼 날아가려고
새가 되려고 하다가
가슴속 깊이
멍만 들었습니다

운력

풀을 뽑는다
발목까지 커버린
풀들이 제때에 삭발하지 못한
내 머리카락 같아 어수선하다

내 안에 가득한
생각의 숲
뽑아낸 풀보다
살아 있는 씨앗들이 많아
가끔 울컥울컥 복받친다

나약한 기도로는 어쩌지 못해
질기게 살아가는 풀들을 향해
주문처럼 외우는 이 놈의 싱싱한 풀들
뿌리째 뽑아내는 억척스런 두 손

결제날

비울 것도
내 놓을 것도 없는데

잘 개켜 놓은 바랑 하나
허기진 얼굴로 창백하다

삭아버린 고무신
댓돌에 뒷꿈치 뜯어진 채로
두 눈 멀뚱이 외롭다

텅 빈 마당에
풍경소리 저 혼자 바람 따라
숲으로 가버리면
일 없는 나그네 빗자루 들고
먼지만 쓸어낸다

선물

지워진 내 기억을
부채질하듯 들추어내는 걸
간지러워 참을 수 없을 때
바람이 놓고 간 노루귀꽃
하얗게 웃고 있다

달을 보면

미시령에서 달을 보면
문무왕 때의 광덕을 만나고 싶다
서방까지 간다고 믿었던
그는 무량수불 뵈오면
그리워하는 이 있다고
사뢰어 달라던 그 사람이 그립다

기다림

해질녘 산그림자
처마 밑으로 바람처럼 와서는
온종일 남겨 놓은 발자국
가슴에 담고 떠난다

산문을 나서는 산행인의
늦은 듯한 발걸음에
막연히 하늘 바라보니
흐르는 물인 듯이
쏟아지는 허허로움
누군가 찾아 올 것 같은 바램
십이월의 추위를 느끼면서
엊그제 받아 본
편지글이 떠오른다

세상 사는 얘기 다 그렇다는 듯이
이제는 아이 엄마가 된
푸념 같은 즐거움으로 산다는

소식에 山을 답하여 보내고
홀로 걷고 있음을
죽을 때까지 모르고 살 줄 알았는데
오늘처럼 빈 숲의 소리로
시방(十方)을 배회하는 외로움은
넉넉지 못한 속살림 때문일게다
만나기 위하여
기다리는 것은 아니건만
그리움처럼
저녁빛 속으로
멀어지는 사람들…….

기도 1

님이여!
감성을 모르는 僧으로
분별을 모르는 僧으로
살게 하소서
이 마음에 붙어 있는
육신마저 날로 청정하여
가슴속 그리움 모르는 僧으로
살게 하소서
그저
산처럼 물처럼만 살게 하소서

비오는 밤

빗소리 듣다가
밤 깊은 줄 모르고
망상으로 앉아 줍니다
문 밖에 빗물은 강을 만들고
나는 수미산 하나
끊어 안고
또 줍니다

낙엽 지니

댓돌 앞에 버려진 낙엽들이
바람으로 오가며 소곤대는 아침
파란 하늘 높고 물은 차니
이슬에 묻어나는 가을 습기에
얇은 기침을 하며 등 돌리는 모습
낙엽 지니 뒷모습도 작아 보인다

마루에 앉아

솔향기
온 도량에 은은하여도
내 가슴에
그 향기 머물지 않고
세월만 자꾸 묻어 납니다

제4부
산중經

기도 2

어둠의 강가에
배 한 척 띄워
세월처럼 흘러가다 보면
어느 날 꽃잎 지듯이
모든 일에 무심토록 하소서
혹 저 정토의 땅까지
가지 못한 채
어느 곳에 깃들어 산다 해도
내생을 기쁨으로 기다리게 하소서
두고 온 반연의 기억들이
수삼 년 지나도록 잊혀지지 않아도
나의 꽃밭에 거름으로 삭아서
이슬 가득 머금은 생명으로 살게 하소서
억겁의 생을 바꾸어 가며
바람으로 스쳐가도
西方으로 가는 길에서는
눈물바람 없이 웃으며 가게 하소서

편지

잊고 싶은 시간들이 내게도 있답니다
어리석은 일인 줄 알면서
가슴 저리며 헤매던 방랑은
끝없는 역마살로 늘 엉뚱하게도
새벽녘 하늘을 보며 울었지요
알 수 없는 이끌림은 인연 앞에서도
진실만을 추구하며 젊음을 앞세웠지요
세월 많이 지난 다음
두 번의 기회는 오지 않는다는 것을 알았지요
이따금 후두둑 떨어지는 장맛비에도
아직도 남아 있는 동정심으로 기웃거리는
딱한 사람이 하늘을 가리고 서 있는 것을 보았지요
사람을 안다는 게
얼마나 허망한 일인지 그러나 얼마나 따스한지도
그때서야 처음 느꼈지요
낙엽이 지듯
멀어져가는 인연의 끈을 모두 사루어 버리던 날
정작 내 안에 번민은 태우지 못했습니다.

살피소서! 이 애민함을

어느 스님이 죽던 날

설악산엔 아직도 눈 내리는데
설날에 내린 눈 마당에 남았는데
꽃이라도 피걸랑 가지
눈도 녹기 전에 스님이 죽었데
서른여섯 소때 스님
어린 나이에 절집 인연있어
어느 날 약속처럼 삭발하고
초발심자경문 따라서 먹빛 세월 보냈는데
살아온 세월 차곡차곡 정리한다고 들었는데
이렇게 바람처럼, 꽃이 지듯이
서른여섯 접어두고 정토로 갔다는데…….

관계

깊이 생각하지 않았지요
오늘 문득
당신과 나는
무슨 관계인지
하늘의 별처럼 똑같은 번민 하나
끌어안고 살기는 매 한가지
그런데 당신은 너무 멀리 가고 있어
뛰어가도 좁혀지지 않는 거리에서
늘 그렇게 웃고만 있네요
이제는 정리를 해야 한다는 무심한 한 마디
세상을 버리고 가야 할 사람들 아주 많은데
살만큼 살았다는 편하게 들리는 말 한 마디
그래도 가끔 그리울거라는 말 때문에
사람들은 지금도 궁금해 하지요?

客

긴 여름 오후
냄새나는 방 안에
방문 열어 놓은 채 앉아 있다
썩어 내려앉는 처마 밑
말벌집을 나선
말벌은 거미줄에 걸려
부드러운 날개는 수세미 되고
방 안을 기어가는 노래기
문지방을 넘어 필사적으로 달린다
콩알만한 청개구리 녀석은
한참을 나와 같이 앉아 있다
꼼짝 않고 죽어가는 벌과
기어가는 노래기 앞에서 너그러운 주인처럼
구석을 차지한 청개구리
청개구리에게 객이 된 이 순간
난 참 잊고 있었다
잠깐 이 지구에 다녀가는 손님인 것을

빈 절

스님이 없는 절에 가면
산만 내려와 참선을 한다.
텅 빈 방들은
문을 닫아 버린지 오래
지나는 바람 붙잡고
주인 없는 고무신
긴 해 해바라기 하는 동안,
상팔자 진돗개
낮잠에 빠져 하품을 한다

돌

몇 해 전
만해축전 갔다가
용대리 계곡에서 주워 온 돌 몇 개
석탑 밑에 죽은 듯이 앉아 있다
소나기 내리는 날은
저도 따라 온몸을 적시고 울더니
낯선 땅에 정 붙이고 살더니
어느 날 돌들이 나를 향해 웃는다
'돌'에게도 미소가 있다더니
돌에서도 세월이 흐르고 있었나 보다

아침 바닷가에서

바다는 언제나
한생각 쉰 사람 같다
바다는 언제나
내게 달려 올 때마다
속삭인다
다시는 오지마라!
슬픔과 분노, 그리고 고독함으로
부르는 내 노래에
다시는 속지마라!
바다는 언제나
한생각 쉰 사람으로 고요하다

빨간색 편지

돌담에 핀 영산홍
어쩌면 아침 해를 닮았어요
꽃숲에 숨어 있으면
붉은 파도 남실거려
제 속은 멀미로 흔들거려요
바람이 불면
꽃배 하나
하늘 속으로 살그머니 가고 있지요
가끔 꽃비가 내리면
작은 개미들 꽃잎으로 입을 가리고
묵언 중에 들어갑니다.
빨강 바위산 누워서 꿈을 꾸지요
한바탕 꽃바다에 해가 지면
새벽 같이 단장한
돌담으로 흐르는 목탁소리에
새들의 아침이 분주해져요

개구리 담요

손바닥 만한 연못에
수련잎이 무성한 한낮
작은 개구리들의 쉼터에
수련 한 송이 피고, 다음 날 또 피어나고
댓살 먹은 아이 한참을
들여다 보더니 하는 말
아빠! 개구리 담요예요 파란 담요!
개구리 담요 비에 젖어
마치 헹궈놓은 듯 깨끗하다
오늘 아침 아기 손 같은 수련꽃
뽀송뽀송 피었다

시월에

곱게곱게 작아지는 잎 속에
지난 봄 새싹 보이지 않네
땅 냄새 그윽한 산 숲
산꿩 날갯짓에
텅 빈 항아리 속처럼
바람소리 크게 들리는 날
소리 없이 지는 낙엽을 보라
사랑도 모르면서 사랑하던 그 자리
아무 일 없던 것처럼 떠나가는 그 자리
소복이 쌓여가는 나뭇잎의 고운 이별

미시령

낙엽 한 잎 남기지 못하고
용대리에서 오는 바람을 맞는다
맨발로 서 있는 나무들은
잠시 숨을 내려 놓은채
허리까지 차 오른 폭설에
욕망하나 묻어 놓는 한낮
미시령에서는 누구나 자유인이 된다
하늘빛 차고도 고운 날
미시령에서는 다 버리고 싶어진다

하조대에서

짠물기가
얼굴로부터 스며들더니
온몸으로 피가 되어 돈다
발목까지 쌓인 눈 위
달빛마저 사람을 외롭게 하는 밤
멀리 순찰도는 군인들 그림자
파도는 지칠줄 모르고 춤을 춘다

아무도 없다
바다가 보이지 않는다
소리로 듣는 바다 앞에
끝없는 육지만이 평온하다
바다 위를 걷고 싶다
저 차가운 달빛이 지기 전에
깃털처럼 가벼운 세상을 두고서
마치 아침 산책을 하듯이

행복한 날

겨울볕 좋은 삼성각으로 가는 길
작은 매화나무
여전히 꽃망울을 키우며
긴 밤의 꿈을
수액으로 씻어내는 소리
따사로운 햇살에
졸리운 듯 스르르 늘어진
가지 끝으로 날아든
멧새들의 지저귐먹고 커
그날이 오면
행복한 향기 온 도량에 피우리

고백

참회합니다
오늘 누군가에 대해
나쁜 생각한
나를 참회합니다
살뜰하게 웃음으로
다가와 신발을 내밀던 두 손에
냉정한 눈빛을 던지며
무안하게 했던 일까지 고백합니다.
아무일 없었다는 듯이 지나가게 하소서
실없는 한 마디 말이
얼마나 가슴 아프게 했을지
마음으로, 생각으로, 입으로
두 무릎 끓고 참회진언 외웁니다.
옴 살바 못쟈 모지 사다야 사바하

연못 앞에서

햇살 좋은 마른 풀 위에
졸립도록 따스한 바람결
봄이 오는 훈기
작은 웅덩이 속에 올챙이알 한 무더기씩
봄날을 기다리며 어미의 큰 눈망울속에 꼼지락 댄
다
꽃잎인줄 알았을까?
낙엽 위에 앉은 호랑나비
첫 외출은 매화나무 가지에 앉아
긴 겨울을 빠져 나온 날개 위로 숨을 고른다.
봄인걸 어찌 알았을까?
아직 정월인데…….
몇 번쯤은 꽃샘추위에 힘들텐데
어디선가 개구리 울음도 꾸~욱 끼~욱
멀지 않아 개구리 합창을 듣다보면
여름 가고
또 겨울 오면
나이를 먹는 쓸쓸함에

부족한 어제를 기억하겠지.

소한

바람소리에 흔들리는 낡은 방문 틈으로
회색빛 숲으로부터 묻어오는 소한의 발자국 소리
귓볼에 부딪치는 추위, 등까지 시려온다
얼어붙은 강가에 굴러다니는 낙엽만큼이나
쓸쓸해 보이는 아랫마을 진 노인의 겨울 저녁
산기슭 밭머리에 남아 있는 배추밭
산새들의 지저귐마저 얼어버릴 것 같은
산중의 깊은 호흡
하얀 눈발이 아름답다
마루에 버려진 수취인 불명의 우편물처럼
겨울은 소한을 두고 산을 넘어 가고 있다

동장군

얼음 속 붕어들이
바위되어 눈을 뜨고 삼매에 빠졌다
멈추어버린 물결 속엔
감춰든 삶의 붉은 빛
작은 등 위로 내려 앉는 얼음
쩍쩍 갈라지는 물 밖 세상에
사람들은 붕어의 긴 동면을
죽음으로 대도하는 즈음
햇살은 조금씩 내게로 다가와 속삭인다
동장군은 널 쯤이면 가리라……

인연의 옷깃으로 선禪과 속俗을 스치는 수행의 언어

박영우 | 시인, 경기대 교수

1. 선禪과 속俗의 경계에서

시 해설을 쓰는 나는 원담 스님을 개인적으로 잘 알지 못한다. 그렇다고 불교와 인연을 맺고 있는 사람도 아니다. 『아름다운인연』이라는 불교 교양지의 편집위원 중 한 사람일 뿐이고, 얼마 전 기사 취재차 석모도에 따라 갔다가 출판사 사장으로부터 원담 스님의 원고를 받게 되었다.

사실 나 자신도 시를 쓰는 시인으로서 남의 작품을 평하는 일은 항상 부담스럽다. 더군다나 지극히 세속적인 삶을 살아가는 한 범인이 불교적인 내용을 담고 있는 작품을 논한다는 것 자체가 조심스러웠다. 그래서 해설은 종교적인 범주를 뛰어넘어 최대한 문학적이고 보편적이고 객관적인 차원에서 접근한 점을 미리 밝혀둔다.

원담 스님의 시집 원고를 반복적으로 읽으면서 느낀 점은 그 또한 선과 속의 경계에서 무수히 고뇌하면서 수행의 도정에 서 있는 한 인간이라는 사실이었다. 그러나 그러한 나의 인식이 잘못되었다는 생각은 하지 않는다. 중요한 것은 스님 또한 속세인의 삶을 이해하고 풀어가는 것이 그 앞에 놓여진 수행 과제의 하나가 아닌가 하는 생각이 들었기 때문이다.

내 안에
수많은 얼굴
내 안에
끝없는 욕망이 자랍니다

내 안에 번뇌는
수초처럼 푸른 키를 세우고
푸른 숲을 보이고 싶은 까닭에
오늘도 기와집 한 채 짓고 잡니다
─「俗物 2」전문

이 시에서 시적 화자는 '수많은' 세속적 '얼굴'들이 '끝없는 욕망'으로 자라나고 있다고 고백하고 있다. 결국 2연에서는 욕망이 또 다른 '번뇌'의 얼굴을 한 채 욕망의 '기와집을 한 채'를 짓겠다고 말하고 있다. 또한 시적 화자의 욕망은 다음 시에서처럼 조심스럽게 사랑의 감정으로 나타나기도 한다.

> 사랑할 것만 같아서
> 두 발은 땅 속 깊이 묻어두고
> 사랑할 것간 같아서
> 연분홍 얼굴 숨은 듯이
> 나도 모르게
> 창문 틈으로 기웃거리는 마음
> 살포시 담 넘어 아침마다
> 마주치고도 바라 볼 수 없어
> —「나팔꽃」 전문

이 시는 '나팔꽃'을 시적 대상으로 하여 화자의 심리적 상태를 비유적으로 드러내고 있다. 시적 대상의 특성을 효과적으로 화자의 정서와 연결시키면서 은근하게 시인의 시 의식을 확장시키고 있는 점이 눈에 띤다. 아무리 숨기려 해도 '땅 속 깊이' 묻어둔 사랑의 뿌리는 한 송이 수줍은 나팔꽃으로 피어날 수밖에 없는 삶의 숙명이 드러나는 시이다.

그러한 시인의 욕망은 개인을 넘어 타자에게로까지 그 뿌리를 확장시키며 시야를 확대시켜가고 있다.

> 낙엽 한 잎 남기지 못하고
> 용대리에서 오는 바람을 맞는다
> 맨발로 서 있는 나무들은
> 잠시 숨을 내려 놓은채
> 허리까지 차 오른 폭설에
> 욕망하나 묻어 놓는 한낮
> 미시령에서는 누구나 자유인이 된다
> 하늘빛 차고도 고운 날
> 미시령에서는 다 버리고 싶어진다
> ―「미시령」 전문

이 시에서는 시인의 시선이 개인에서 타자로 이동하고 있음을 알 수 있다. 그리고 욕망의 한계에서 벗어나 욕망을 묻어놓고 "누구나 자유인이 되어야 한다"고 속세의 사람들을 향해 외치고 있다. 그러나 그 욕망은 잠시 묻어놓은 한계 상황 속에 있다. 한낮이 지나면 또다시 잠시 동안의 잠에서 깨어날 것이기 때문이다. 그래서 완전히 버려버릴 수 없는 '버리고 싶어지는' 욕망의 허물들이 경계에 선 시인을 괴롭히고 있는 것이다.

2. 자연과 나, 물아일체(物我一體)의 시학

이 시집의 시편들에서 나타나는 두드러진 특징 중
의 하나는 ㅈ·연물을 대상으로 한 작품들이 많다는 점
이다. 이는 대체로 산사에서 생활을 하는 시인의 생활
양식과도 관련이 있을 것이다. 또한 자연은 자신을 키
우고 수행을 쌓게 하는 중요한 대상이자 시적 상관물
로서의 역할을 했을 것이다. 중요한 것은 시인에게 삶
에 대한 성찰과 더불어 깨달음을 주는 스승으로서의
자연인 것이다.

> 댓돌 앞에 버려진 낙엽들이
> 바람으로 으가며 소곤대는 아침
> 파란 하늘 높고 물은 차니
> 이슬에 묻어나는 가을 습기에
> 얕은 기침을 하며 등 돌리는 모습
> 낙엽 지니 뒷모습도 작아 보인다
> ─「낙엽 지니」 전문

이 시에서는 가을에 떨어지는 '낙엽'을 통해 삶에

대한 성찰과 깨달음의 모습을 한 장의 삽화처럼 보여
주고 있다. 특히 "얕은 기침을 하며 등 돌리는 모습/
낙엽 지니 뒷모습도 작아 보인다"의 표현은 화자와 시
적 대상과의 일체감 위에 시인의 메시지를 무리 없이
틈입시킴으로써 잔잔한 시적 울림을 더해주고 있다.

특히 다음 시는 수행자의 시선으로, 결코 평탄치 않
은 인간의 삶을 바위를 통해 바라본다.

> 전생에도 바위였을까?
> 앉아서 죽은 중의 화신일까?
> 일 년 삼백 예순 날이
> 삼천 년으로 흘러도
> 묵언으로 고독한 날들
> 잊어버린 언어와
> 놓아버린 목숨
> 검버섯으로 살아오던 날
> 칡꽃 향기에 낮잠 한숨
> 산그림자 내려와
> 한 줄기 바람 두고 간다
> ―「바위」 전문

인간은 좌절과 절망 속에 빠질수록 고향처럼 찾아
가는 곳이 자연이라는 생각이 든다. 그런 의미에서 자

연은 존재하지 않는 유토피아의 실재하는 공간이자 어머니의 품과 같은 모태 공간이자 종교적 구원의 공간이기도 하다.

　이 시의 배경은 그러한 자연물로 가득하다. 시인은 바위를 바라보면서 '삼천 년'이라는 표현 속에 숨어 있을 억겁의 시간 속에서도 '묵언'과 '고독한 날'들을 지키며 영원한 존재의 공간을 지키는 한 줄기 '바람'을 '바위'처럼 서서 맞이하고 있다. 그러나 화자를 둘러싸고 있는 자연적 공간은 그렇게 포근한 화해의 공간만은 아니다. 수많은 사람들이 살다 떠났을 억겁의 세월들은 결국 '묵언'과 '고독' 그리고 '잊어버린 언어'와 '놓아버린 목숨'들로 가득한 것이다. 그리고 화자 또한 그 연장선상의 고뇌하는 한 중생으로 서 있는 것이다. 말로는 다 풀어낼 수 없는 불립문자의 세계에서 삶에 대한 해답은 오직 '한 줄기 바람'처럼 한 마리 '나방'처럼 고통과 소멸의 몸짓으로 스치듯 잠시 왔다 가는 것이 아닐까. 그래서 시인은 한 마리의 '나방'이 되어 이 밤이 지새면 사라지고 말 소멸에 대해서 노래한다.

　　빗소리 가득한 밤
　　꽃잎 같은 나방
　　문틈에 젖은 날개 붙이고

까만 밤에 물든다
며칠 후면 떨어진 날개와
차가운 심장과 고단한 다리도 긴 숙면을 갖겠지
굵어져가는 빗소리에
마지막 몸부림으로 흐르는 소멸의 노래
이밤 내가 나방이었으면 좋겠다
— 「나방」 부분

그러나 그가 꿈꾸는 소멸도 결국은 "울음이 될 수 없는 갈증"과 "뼛속을 파고드는 통증" 같은 인연으로 다시 태어나 '중음신'처럼 이승의 '삼월' 속을 맴돌고 있는 것이다.

제비꽃 한 송이
가난한 내 뜨락에 필 때
찾아온 바람 한 점
목련이 하얗게 웃는 아침
봄비로 가슴 적시며
흔들리는 바람 한 점
울어도 울어도
울음이 될 수 없는 갈증에
뼛속으로 파고드는 통증이
다시 바람되는 인연

누구의 중음신으로 맴도는 걸까
—「삼옹」전문

앞의 시편들에서 살펴본 것처럼 그의 시에 사용된 소재나 모티프들은 대체로 자연이나 자연물에서 가져온 것들이 많다. 그것은 수행자로서 자연스럽게 자신의 주변에서 접하게 되는 사물들을 시적 대상으로 삼았음을 쉽게 짐작할 수 있다. 또한 시인의 시의식을 동화(同化), 투사(投射)시키기에 가장 적절한 대상이 또한 자연인 것이다.

중요한 것은 대상에 대한 피상적 서술이나 단순한 묘사에 그치지 않고 시인 나름대로의 세계를 만들어 가고자 노력한 점은 이 시집이 갖는 또 하나의 시적 성취라는 생각이 든다.

3. 고독과 그리움, 그리고 인고의 시학

원담 시인은 고독과 그리움의 정서에 뿌리를 내리고 있다. 그러나 작품 속에 드러나는 고독과 그리움의 정서가 어디를 향하고 있는지 세속적인 삶을 살아가는 내가 쉽게 단정지을 수 있는 문제는 아니다.

내 안에

숨어 살아가는

그놈이 어느 날

새처럼 날아가려고

새가 되려고 하다가

가슴속 깊이

멍만 들었습니다

　　　　　　　　　　　　—「비밀」 전문

　이 시 속에 등장하는 '그놈'의 실체를 시의 내용만
으로는 유추해내기가 쉽지 않다. 그런데 화자의 '내면
에 숨어 살아가는' '그놈'은 범상치 않아 보이는 존재
이다. '그놈'은 새가 되어 '새처럼 날아가려고' 하지
만 결국은 미수에 그치고 '가슴속 깊이' '멍'만 남기는
존재인 것이다. 그러나 '그놈'의 실체가 무엇이든 간
에 시의 전체적인 맥락이나 분위기는 짐작할 수 있다.
풀고 싶지만 또는 잊고 싶지만 잊을 수 없는 안타까운
화자의 정서가 깊이 배어나고 있기 때문이다. 이러한
상황은 비단 이 시의 화자에게만 국한되는 문제가 아
니라 모든 사람들이 저마다의 사연을 남몰래 간직해
두고 있을만한 객관화된 비밀이기도 한 것이다.
　그러나 다음 시에 이르고 보면 화자를 불편하게 하는
실체들이 시의 전면에 드러나고 있음을 알 수 있다.

나는 나를 만날 수가 없다
그래서 내가 그립다
그리워서 슬픔이 목구멍으로
꾸역꾸역 넘어오는데도 이상하게도
나는 어디에도 없었다
―「나는」 부분

등이 저려오는 고독함으로
맥없이 시간을 버는 오후
혼자 사는 일에 아직도 서투른 오늘
떠나가는 버스처럼 쓸쓸하다
―「해제」 부분

　위의 시에서 보는 것처럼 시인의 의식을 지배하는 실체는 인간의 몸으로 살아가는 동안은 벗어던질 수 없는 고독과 그리움이라는 놈인 것이다. 시 속의 '나'는 진정한 자신의 모습을 만날 수도 없고, 오직 '등이 저려오는 고독'으로 '떠나가는 버스처럼' 쓸쓸한 오늘을 살아가고 있을 뿐이다. 그래서 시인은 그리움의 실체들을 숙명처럼 껴안고 살아가고자 하지만 그마저도 '문틈으로 들어오는 바람'처럼 실재하지만 경험할 수 없는 아득한 안개 속을 헤매고 있을 뿐이다.

젊은 날엔
젊음 그 자체가 그리움이었다

그 그리움 안개 속처럼 아득하더니
그리움도 세월 더한 끝에선
먼 수평선 고깃배로 살다가
문틈으로 들어오는 바람이었습니다
　　　　　　　—「그리움」전문

　　결국 시인이 그토록 앓아왔던 그리움의 끝은 이별에
맞닿아 있다. 무성했던 여름날의 사랑과 열정의 시간
들은 지나가고 이제는 제 몸을 단풍빛으로 채우며 마
지막 이별을 위한 준비를 서두르고 있는 것이다. '사랑
할 줄 모르고 사랑하던 그 자리'는 이제 '아무 일 없었
던 것처럼 떠나가는' 이별의 자리가 되어버린 것이다.

곱게곱게 작아지는 잎 속에
지난 봄 새싹 보이지 않네
땅 냄새 그윽한 산 숲
산꿩 날갯짓에
텅 빈 항아리 속처럼
바람소리 크게 들리는 날
소리 없이 지는 낙엽을 보라

사랑도 모르면서 사랑하던 그 자리

아무 일 없던 것처럼 떠나가는 그 자리

소복이 쌓여가는 나뭇잎의 고운 이별

　　―「시월에」 전문

4. 번뇌를 새김질하며 득도로 가는 길

　앞에서 살펴보았듯이 그의 시에 나타난 자연 심상의 시어와 이미지들은 세상으로부터 받은 온갖 번뇌와 상처를 치유하기 위한 반영물들이라 하겠다. 그는 또한 자연 심상의 시어들을 통해 자신을 관조하고 세상을 바라보는 혜안을 얻기도 한다.

　시인은 이처럼 자연과의 동화를 통해 삶에 대한 애정을 증폭시켜나가면서 자연스럽게 그 시선이 자신의 내면을 향하게 된다. 앞서 말했듯 자연은 유토피아의 또 다른 공간이다. 그 공간 안에 자아와의 일체감을 상징하는 존재들이 살아 숨쉬고 있고, 평생을 그리워하며 살아야할 화해와 구원의 공간이 있기도 하다. 시인이 치열하게 싸워왔고 앞으로도 대결해야할 고독과 그리움은 곧 생명성의 다른 이름이고 시인이 추구하고자 하는 세상과의 소통을 위한 에너지이기도 한 것이다.

이제 시인은 치열한 사색의 시간들을 관통하며 다시 득도를 위한 수행의 길로 접어들고 있다. 그 수행은 참회의 기도로부터 시작하여 저물녘 풍경소리처럼 청아한 시들이 되어 다시 독자들의 가슴에 다가가길 기대해본다.

바다 새 날개 사이
잿빛 향으로 지나가는 고기 떼

아주 작은 바람에도
아주 작은 향기에도
내 전생의 게으름이 묻어납니다

살점 떨어져 나가도록 기도하던 밤
지금도 외지 못한 염불은
내 몸에 고기비늘로 살아서
물도 없는 허공으로 지느러미 흔들며
바다로 가는 꿈을 꿉니다

살아생전 다하고 가야 할 그 무엇처럼
진언으로 소리 내어 부르는 내 노래
나그네들은 잠 못 이룬다며 종 속에 갇힌 나를
아주 놓아주는 이도 있지만

무거운 내 등 위로 낙엽이 떨어질 때면
잠깐 동안 행복한 사람이 되기도 합니다
―「풍경소리」 전문